1
年级

中小学名著分级阅读丛书

中外经典儿童诗一百首

曹文轩◎主编

孟令全 编

中国大百科全书出版社

图书在版编目（CIP）数据

中外经典儿童诗一百首 / 曹文轩主编. -- 北京：
中国大百科全书出版社，2019.5
　（中小学名著分级阅读丛书）
　ISBN 978-7-5202-0494-1

　Ⅰ. ①中… Ⅱ. ①曹… Ⅲ. ①阅读课—中小学—课外
读物 Ⅳ. ①G634.333

　中国版本图书馆CIP数据核字(2019)第078471号

中外经典儿童诗一百首　曹文轩　主编　孟令全　编

总 策 划	刘国辉
策 划 人	姜钦云
出版统筹	张京涛
产品经理	周 玄
责任编辑	周 玄　易晓燕
装帧设计	中外名人
出版发行	中国大百科全书出版社
地　　址	北京市西城区阜成门北大街17号
邮　　编	100037
电　　话	010-68363547
印　　刷	北京市十月印刷有限公司
开　　本	650mm×910mm　1/16
印　　张	12
字　　数	50千字
版　　次	2019年5月第1版
印　　次	2019年7月第2次印刷
书　　号	ISBN 978-7-5202-0494-1
定　　价	35.00元

用书籍点亮孩子的精神世界

　　"中小学名著分级阅读丛书"第一辑出版了。这套书根据不同年龄段孩子的不同阅读需求，囊括了120部立意深远，对孩子们有益的经典著作。甄选一套涵盖文化与科学各门类，真正意义上的中小学名著分级阅读丛书，让我感到责任重大，并因此忐忑不安。在遴选书目时，我们邀请了不同年级的优秀教师，征求他们的意见，请他们帮助做导读，这些来自一线、了解孩子们阅读需求的教师对我们确定选目产生了重要的甚至是决定性的影响。

　　读书养性。书籍为人类营造美丽的精神家园，对孩子来说也不例外。回望人类的历史，正因为有了书籍，人类才开始了真正意义上的文明。然而，在泥沙俱存的海量图书面前，孩子们该读什么，怎么去读，一直困扰着老师和家长。对此，我的建议是：

　　第一，读有精神内涵的书。什么是有精神内涵的书呢？对孩子来讲，应该是书写大善、大美、大智慧的书，是奠定他正确人生观、道义观的书，是丰富他情感、强健他想象力的书，是完善他人格的书。如果一本书没有精神内涵，孩子们读起来是苍白的，是汲取不到多少营养的。所以，能帮孩子打好精神底子的书，是孩子们最先应该阅读的。

第二，读有文脉的书。怎样理解"文脉"呢？文脉就是文章的脉络。什么是有"文脉"的书呢？这样的书具有很强的叙事功能。文学是一门说事的艺术，对文学的阅读，无疑会有助于孩子说事能力的培养。而阅读有文脉的书，孩子们会被其中绘声绘色的故事所吸引，这个过程从另一个高度来认识，是对母语的亲近，是接受母语的另一种熏陶。孩子们只有去读那些有文脉的书，那种语言才会流淌。这种书自然会成为他们人生的底子。

第三，读高贵、经典的书。所谓高贵、经典的书一定是经过漫长岁月的筛选，经过万千读者的阅读检验，代代相传的好书。比如我们所熟知的列夫·托尔斯泰的《战争与和平》、曹雪芹的《红楼梦》、夏洛蒂·勃朗特的《简·爱》等，都是历久弥新的经典著作。读这些思想高贵、格调高雅、内容深刻的书，不仅仅是在与文学巨匠高贵的灵魂对话，还能够透过作品真切地感知历史，提升孩子们的阅读品味。读这类书，无疑会让孩子们终身受益。

第四，有层次地阅读。孩子的阅读与成人不同，成人具有完备的阅读和判断能力，孩子则不然。各个年龄段的孩子的认知、阅读水平存在差异，因此孩子们的阅读要有针对性，更需要循序渐进。低年级的孩子可以先读经典的童话类作品，中年级的孩子可以读一些故事性较强的书，高年级的孩子则可以尝试文字更多的书籍。这也是我们强调"分级"阅读的原因。

"中小学名著分级阅读丛书"由专家学者遵循科学的指导，按循序渐进的原则编选。阅读内容力求体现经典性、趣味性、知识性、教育性；所选书目以文学名著为主，兼顾科学、历史、文化、艺术等领域。从小学一年级到高中三年级，中小学阶段12学年，共选古今中外名著120部。步步递进，阶梯上升，从而实现登顶。

这一套丛书的意义不仅仅在于语文教育，更在于我们所深知的阅读的价值。希望丛书的出版，能对中小学课外阅读之大义进一步地明确与彰显。

孩子决定了民族和人类的品质和质量。有道义、有审美、有悲悯情怀的文字无疑会温润他们的心灵。愿所有孩子的生活被阅读照亮，让书成为照亮他们精神的太阳。一本好书就是一轮太阳。一百本好书就是一百轮太阳。一千本好书就是一千轮太阳。灿烂千阳，只有这阳光才能照亮世界，照亮灵魂！

曹文轩

2019 年 5 月 5 日

《中小学名著分级阅读丛书》八大特色：

1. 人文科学、社会科学与自然科学名著兼顾。

2. 将教育部语文教材名著阅读基本选目纳入丛书，并作适当延伸。

3. 重视中华传统经典，中国作品数量超外国作品数量。

4. 将红色文学经典的学习作为一条红线，贯穿小学、初中、高中各学段。

5. 提供阅读方法指导，注意整本书阅读方法。

6. 开展丰富有趣的语言训练，引导学生学习语言表达艺术。

7. 强调以读促写，引导学生通过阅读学习写作。

8. 将从小学高年级起引入思维导图，帮助学生整体把握作品内容，训练和培养思维能力。

致 小 朋 友

　　小朋友好！诗歌，对你来说一点儿也不陌生。大概两三岁时，你就已经开始接触诗歌了，什么"弯弯的月儿小小的船……"什么"鹅鹅鹅，曲项向天歌……"很多诗歌你已经背得滚瓜烂熟。

　　为什么要学习诗歌呢？诗歌的句子不长，读起来好听，朗朗上口；好记，甚至能够让人过目不忘。在你读诗的时候，大自然的美景在眼前闪过，虫鸟动听的鸣叫声在耳畔回响，纯真的亲情友情如春风拂面……你会感到这些景色、声音、情感真美。诗歌的语言也很美，你现在正是学习语言的最好年龄，读诗对培养语言能力是一种非常好的选择。

　　小朋友，让我们现在开始读诗吧！

——编者

目录

一、大自然的诗情画意

1. 地球 .... 严既澄 2

2. 四季 .... 薛卫民 3

3. 祖先的摇篮 .... 吴 珹 5

4. 雪花 .... 望 安 8

5. 哪去了 .... 李少白 10

6. 我来了 .... 张秋生 11

7. 秋风 .... 佚 名 12

8. 植物妈妈有办法 .... 戴巴棣 13

9. 春天里的悄悄话 .... 陈中苏 15

10. 山青青 .... 王青秀 17

11. 葡萄 .... 〔俄国〕普希金 18

12. 春水　　　　　　　　　　　乔羽　19

13. 春天的窗花　　　　　　　　夏斌　21

14. 小树谣曲　　　　　　　　　金波　23

15. 风　　　　　　　　　　　　张怀存　25

16. 山溪　　　〔塞尔维亚〕马克西莫维奇　27

17. 小河　　　　　　　　　　　申申　29

18. 蝌蚪　　　　　　　　　　　李昆纯　31

19. 田家四季歌　　　　　　　　朱文叔　32

20. 走进大自然　　　　　　　　金木　34

单元课后题　　　　　　　　　　36

二　乘着想象的翅膀

21. 小小的船　　　　　　　　　叶圣陶　40

22. 夕暮　　　　　　　　　　　郭沫若　41

23. 蝴蝶　　　　　　　　　　　丽砂　42

24. 小草　　　　　　　　〔印度〕泰戈尔　43

25. 雨点　　　　　　　　　　　杜风　44

26. 过桥　　　　　　　　　　　邓元杰　46

27. 演讲　　　　　　　　　　　侯泽俊　47

28. 浪花　　　　　　　　　　　刘饶民　48

29. 星星　　　　　　〔芬兰〕索德格朗　49

30. 剪窗花　　　　　　　　　　窦　植　50

31. 太阳落山了　　　　　　　　张继楼　51

32. 月亮掉进水里　　　　　　　关登瀛　53

33. 雪地里的小画家　　　　　　程宏明　55

34. 小河　　　　　　〔日本〕谷川俊太郎　56

35. 青蛙写诗　　　　　　　　　张秋生　58

36. 夏季，冬天住在哪里

　　　　　　　〔拉脱维亚〕瓦彩吉斯　60

37. 梦想　　　　　　　　　　　顾　城　62

38. 彩色的梦　　　　　　　　　高洪波　64

39. 图画书和它的插图　　　　　雪　野　66

40. 白杨问风　　　　〔苏联〕托克玛科娃　67

单元课后题　　　　　　　　　　　　69

三、难以忘怀的童真童趣

41. 湖上　　　　　　　　　　　胡　适　72

42. 萤火虫　　　　　　　　　　叶圣陶　73

43. 小企鹅　　　　　　　　杨晓利　74

44. 猫头鹰　　　　　　　　常福生　75

45. 大象　　　　〔苏联〕马尔夏克　76

46. 荷叶　　　　　　　　　董恒波　77

47. 吹泡泡　　　　　　　　柯　岩　78

48. 请进来　　　　〔越南〕胡光阁　80

49. 影子　　　　　　　　　林焕彰　82

50. 倒影　　〔美国〕谢尔·希尔弗斯坦　83

51. 小放牛　　　　　　　　梁上泉　84

52. 找梦　　　　　　　　　田　地　86

53. 笑　　　　　　　　　　高洪波　88

54. 浪花娃娃　　　　　　　樊发稼　90

55. 冰冻的梦　〔美国〕谢尔·希尔弗斯坦　92

56. 什么，为什么，怎么样

　　　　　　　〔匈牙利〕哈尔什　93

57. 蜗牛　　　　　　　　　杨　唤　95

58. 水城威尼斯　〔意大利〕贾尼·罗大里　96

59. 爷爷生气了　　　　　　张乔若　97

60. 摇太阳　　　　　　　　杨立辉　98

单元课后题　　　　　　　　　　　99

四、成长的呼唤

61. 书架　　　　　　　　　　　　安武林　*102*

62. 神奇的书　　〔美国〕艾米莉·狄金森　*103*

63. 再试一次　　　　　　　　　　佚　名　*105*

64. 小熊过桥　　　　　　　　　　蒋应武　*107*

65. 上学去　　〔苏联〕阿·利·巴尔托　*109*

66. 自己能念多好　〔俄罗斯〕别莱斯托夫　*112*

67. 自己去吧　　　　　　　　　　李少白　*114*

68. 手上的画　　　　　　　　　　慈　琪　*116*

69. 夜色　　　　　　　　　　　　柯　岩　*117*

70. 我学写字　〔比利时〕莫利斯·卡雷姆　*118*

71. 明天要远足　　　　　　　　　方素珍　*120*

72. 年轮　　　　　　　　　　　　郁旭峰　*122*

73. 再见　　　　〔日本〕金子美铃　*124*

74. 一个接一个　〔日本〕金子美铃　*126*

75. 怀抱　　　　　　　　　　　　魏　宗　*128*

76. 怎么都快乐　　　　　　　　　任溶溶　*129*

77. 看浪花　　　　　　　　　　　樊发稼　*132*

78. 是大还是小　　〔俄罗斯〕查霍杰尔　135

79. 我是男子汉　　　　　　　傅天琳　137

80. 钥匙　　　　　　　　　　高殿举　139

单元课后题　　　　　　　　　　　141

五、爱正在发芽

81. 合奏祖国好妈妈　　　　　王　森　144

82. 繁星（节选）　　　　　　冰　心　145

83. 摇篮曲　　　　　　　　陈伯吹　146

84. 善良　　〔比利时〕莫里斯·卡雷姆　147

85. 谁和谁好　　　　　　　张玉庭　148

86. 你虽然是个石雕的小姑娘　金　波　150

87. 小瞪羚羊　〔土库曼斯坦〕拜拉莫夫　152

88. 萤火虫　〔马耳他〕纳齐姆·布蒂吉格　154

89. 无题　〔土耳其〕纳齐姆·希克梅特　155

90. 一株紫丁香　　　　　　　滕毓旭　157

91. 名片　　　　　　　　　　安武林　159

92. 妈妈睡了　　〔俄国〕勃拉盖尼娜　161

93. 摇篮　　　　　　　　　　尹世霖　163

94. 家　　　　　　　　　　　　　　刘泽安　*165*

95. 拖鞋　　　　　　　　　　　　　　再　耕　*166*

96. 加号　　　　　　　　　　　　　任晓霞　*167*

97. 秋千　　　　　　　　　　　　　李德民　*168*

98. 爸爸　〔南斯拉夫〕多奈·巴夫切克　*169*

99. 爱抚　　　　〔智利〕米斯特拉尔　*171*

100. 挑妈妈　　　　　　　　　　　　朱　尔　*173*

单元课后题　　　　　　　　　　　　　　　*174*

一、大自然的诗情画意

古往今来，诗人都喜爱大自然。几乎没有一个诗人不曾描写过大自然。是什么原因？因为大自然太美了！太伟大了！大自然就是一幅幅画，更是一首首诗。大自然满满地装着诗情画意，满满地装着无穷的奥秘和神奇。

本组选编的诗里不仅有鸟兽草木，还有绿水青山、日月星辰、雨雪冰霜、春夏秋冬……读这些诗歌，就如同投入大自然的怀抱。让我们欣赏大自然的美景，倾听大自然的声音，领略大自然的神奇，与大自然交流感受，互诉心声。

1. 地球

严既澄

我们睡觉时，

地球并不睡；

它绕着太阳，

向东边滚去。

这边向太阳，

"这边"是哪里？

我们正游戏；

那边向太阳，

"那边"是哪里？

我们在梦里。

2. 四季
sì jì

薛卫民

草芽尖尖，
cǎo yá jiān jiān

他对小鸟说：
tā duì xiǎo niǎo shuō

"我是春天。"
wǒ shì chūn tiān

荷叶圆圆，
hé yè yuán yuán

他对青蛙说：
tā duì qīng wā shuō

"我是夏天。"
wǒ shì xià tiān

谷穗弯弯，
gǔ suì wān wān

他鞠着躬说：
tā jū zhe gōng shuō

wǒ shì qiū tiān
"我是秋天。"

xuě rén dà dù zi yì tǐng
雪人大肚子一挺，

tā wán pí de shuō
他顽皮地说：

wǒ jiù shì dōng tiān
"我就是冬天。"

雪人比草芽、荷叶、谷穗多说了一个"就"字，我知道这句话应该怎么读了。

3. 祖先的摇篮

zǔ xiān de yáo lán

吴 珹

yé ye shuō
爷爷说：

nà yuán shǐ sēn lín
那原始森林

shì wǒ men zǔ xiān de yáo lán
是我们祖先的摇篮。

zhēn yǒu yì si
真有意思，

zhè shì duō dà de yáo lán a
这是多大的摇篮啊！

nà nóng lǜ de shù yīn
那浓绿的树荫

yí wàng wú biān
一望无边，

zhē zhù le lán tiān
遮住了蓝天。

wǒ xiǎng——
我想——

5

中外经典儿童诗一百首

wǒ men de zǔ xiān
我们的祖先，

kě céng zài zhè xiē dà shù shàng
可曾在这些大树上

zhāi yě guǒ
摘野果，

tāo què dàn
掏鹊蛋？

kě céng zài nà piàn cǎo dì shàng
可曾在那片草地上

hé yě tù sài pǎo
和野兔赛跑，

kàn mó gu dǎ sǎn
看蘑菇打伞？

nà shí hou
那时候，

hái zi men yě zài zhè lǐ
孩子们也在这里

dòu xiǎo sōng shǔ
逗小松鼠，

cǎi yě qiáng wēi ma
采野蔷薇吗？

yě zài zhè lǐ
也在这里

zhuō hóng qīng tíng
捉红蜻蜓，

dǎi lǜ guōguo ma
逮 绿 蝈 蝈 吗？

fēng ér chuīdòngshù yè
风 儿 吹 动 树 叶

shā shā　　shā shā
"沙沙 ， 沙沙 ！"

nà huí yì
那 回 忆

duō me měi hǎo
多 么 美 好 ，

yòu nà me yáoyuǎn
又 那 么 遥 远 ……

à
啊 ！

cāng cāng máng máng de yuán shǐ sēn lín
苍 苍 茫 茫 的 原 始 森 林 ，

wǒ men zǔ xiān de yáo lán
我 们 祖 先 的 摇 篮 ！

我还听说过
有关"祖先"的
其他故事呢。

中小学名著分级阅读丛书

4. 雪花

望安

xuě huā
雪花，

xuě huā
雪花，

nǐ yǒu jǐ gè xiǎo huā bàn
你有几个小花瓣？

wǒ yòng shǒu xīn jiē zhù nǐ
我用手心接住你，

ràng wǒ shǔ shu kàn
让我数数看：

yī   èr   sān   sì   wǔ   liù
一、二、三、四、五、六。

yí
咦，

gāng shǔ wán
刚数完，

xuě huā zěn me bú jiàn le
雪花怎么不见了？

zhǐ liú xià yí gè
只留下一个

yuán yuán liàng liàng de xiǎo shuǐ diǎn
——圆圆亮亮的小水点。

雪花为什么不见了？

5. 哪去了

李少白

春娃娃的花篮哪去了？

夏哥哥的绿叶儿遮住了。

夏哥哥的绿叶儿哪去了？

秋姐姐借去做地毯了。

秋姐姐的地毯哪去了？

冬爷爷的白被子盖住了。

冬爷爷的白被子哪去了？

盛到春娃娃的花篮里去了……

我知道"白被子"是……

6. wǒ lái le 我来了

张秋生

chūntiān　　yòng dì　yī　gè xiǎonèn yá
春天，用第一个小嫩芽

shuō　　　wǒ lái le
说："我来了。"

xià tiān　　yòng dì　yī　gè xiǎohuā lěi
夏天，用第一个小花蕾

shuō　　　wǒ lái le
说："我来了。"

qiū tiān　　yòng dì　yī zhāngpiāo luò de yè
秋天，用第一张飘落的叶

shuō　　　wǒ lái le
说："我来了。"

dōngtiān　　yòng dì　yī duǒ jié bái de xuě huā
冬天，用第一朵洁白的雪花

shuō　　　wǒ lái le
说："我来了。"

11

中外经典儿童诗一百首

我能用不同的语气，
读春夏秋冬说的"我来了"。

7. 秋风

❀ 佚 名 ❀

是谁把花瓣片片吹落？

是谁让大树脱下了绿衣裳？

是谁让瓜果泛出五彩的光？

是谁把大地染得金黄？

啊！原来是秋风来了，

吹得它们都变了样！

9. 植物妈妈有办法

zhí wù mā ma yǒu bàn fǎ

戴巴棣

孩子如果已经长大，

就得告别妈妈，四海为家。

牛马有脚，鸟有翅膀，

植物旅行靠什么办法？

蒲公英妈妈准备了降落伞，

把它送给自己的娃娃。

只要有风轻轻吹过，

孩子们就乘着风纷纷出发。

苍耳妈妈有个好办法，

她给孩子穿上带刺的铠甲。

只要挂住动物的皮毛，

孩子们就能去田野、山洼。

豌豆妈妈更有办法，

她让豆荚晒在太阳底下，

啪的一声，豆荚炸开，

孩子们就蹦着跳着离开妈妈。

植物妈妈的办法很多很多，

不信你就仔细观察。

那里有许许多多的知识，

粗心的小朋友却得不到它。

除了诗里讲的，我还知道植物妈妈用什么办法让自己的孩子去旅行。

9. 春天里的悄悄话

陈中苏

春天里，种子对土地说：
"我要出去。"

土地敞开胸怀，说：
"好呀，你出去吧！"

春天里，绿芽对枝条说：
"我要出去。"

枝条张开嘴儿，说：
"好呀，你出去吧！"

chūntiān lǐ　　huābàn er duì huābāo shuō
春天里，花瓣儿对花苞说：

wǒ yào chū qù
"我要出去。"

huā bāo zhàn kāi xiào liǎn　　shuō
花苞绽开笑脸，说：

hǎo ya　　nǐ chū qù ba
"好呀，你出去吧！"

……

chūntiān lǐ　　dào chù shuō zhe qiāoqiāohuà
春天里，到处说着悄悄话。

春天里的大自然，
还有哪些"悄悄话"呢？

10. 山青青

王青秀

山青青，

水青青，

鸟儿鸣叫一声声。

树青青，

草青青，

山花朵朵笑盈盈。

苗青青，

田青青，

春风春雨绿蒙蒙。

中外经典儿童诗一百首

诗里用了"青青、声声、朵朵、盈盈、蒙蒙"这些词语，读起来感觉真好！

17

11. 葡萄

〔俄国〕普希金

我不再为早谢的玫瑰惋惜哀伤，

它已随着短暂的春光一起消亡；

我喜欢那一串串熟透了的葡萄，

一串串悬挂在山脚下的枝蔓上。

它把我的山谷装扮得五光十色，

它是金色的秋天的快乐和奖赏。

一颗颗是那么圆润，是那么晶莹，

恰似妙龄少女的玉指闪着珠光。

（田国彬 译）

12. 春水

chūn shuǐ

乔羽

chūnshuǐwānwān de liú chéng le xiǎo xī
春水弯弯地流成了小溪，

nǐ kàn tā liú ya liú ya
你看它流呀、流呀，

duō me yú kuài duō me wán pí
多么愉快，多么顽皮。

pèngshàng shí tou tā jiù dǎ gè gǔn
碰上石头它就打个滚，

yù jiàn xiǎoqiáo tā jiù bǎ tóu dī
遇见小桥它就把头低。

tiào zhe nào zhe xiàngqián pǎo
跳着闹着向前跑，

huóxiàng yì pǐ xiǎo mǎ jū
活像一匹小马驹。

wǒ wèn tā dào nǎ lǐ
我问它："到哪里？

wèi shén me bù xiū xi
为什么，不休息？"

19

中外经典儿童诗一百首

tā shuō　　wǒ ya　　wǒ ya
它说："我呀，我呀，

wǒ yǒu yào shì zài shēn　　bù néng xiū xi
我有要事在身，不能休息。

xiǎo shù qǐng wǒ qù zuò kè
小树请我去作客，

dà dì děng wǒ huàn xīn yī
大地等我换新衣。

wǒ hái yào dào lǒng gōu lǐ
我还要到垅沟里，

kàn yi kàn xīn bō de zhǒng zi chū qí méi chū qí
看一看新播的种子出齐没出齐。"

我知道勤快的小溪为什么一刻也不肯休息的原因了。

13. 春天的窗花

夏 斌

xiǎo yàn zi
小燕子

yòng tā shén qí de wěi ba
用它神奇的尾巴

jiǎn chū le yì fú
剪出了一幅

chūn tiān de chuāng huā
春天的窗花

lǜ de xiǎo cǎo
绿的小草

hóng de xiǎo huā
红的小花

gāo shēng gē chàng de xiǎo hé
高声歌唱的小河

huān kuài dǎ gǔ de qīng wā
欢快打鼓的青蛙

chuānghuā hǎo dà hǎo dà
窗 花好大好大

cóng yǎn qián pū zhǎn dào tiān biān
从 眼 前 铺 展 到 天 边

chuānghuā hǎo měi hǎo měi
窗 花好美好美

shén me huà yě bǐ bú shàng tā
什 么 画 也 比 不 上 它

小燕子剪出的窗花，为什么这么大、这么美呢？

14. 小树谣曲

金 波

小树

在春风里摇，

绿了嫩芽，

绿了树梢。

小树

在春风里摇，

红了花蕊，

红了花苞。

中外经典儿童诗一百首

它召唤来
爱唱歌的小鸟，
和它说：
等我长成大树，
狂风来了，
也吹不倒。
你就在
我的枝叶间，
筑一个温暖的巢。

15. 风
fēng

张怀存

fēng zài tián yě lǐ pǎo
风在田野里跑

xiǎocǎo   yě huā bàn tā wǔ dǎo
小草、野花伴它舞蹈

fēng zài hǎi yáng lǐ pǎo
风在海洋里跑

hǎi làng   jiāo shí gēn tā gē chàng
海浪、礁石跟它歌唱

fēng zài shā mò lǐ pǎo
风在沙漠里跑

shā ér   hú yáng wèi tā jiā yóu
沙儿、胡杨为它加油

fēng zài wǒ de xiù tǒng lǐ pǎo
风在我的袖筒里跑

xīn ér gēn tā shuō qiāoqiāohuà
心儿跟它说悄悄话

fēng zài wǒ de shū běn shàng pǎo
风在我的书本上跑

shī cí wén huà pái zhe duì yōng bào
诗、词、文、画排着队拥抱

fēng pǎo a pǎo
风，跑啊跑

ràng shì jiè biàn chéng chūn de lù tāo
让世界变成春的绿涛

16. 山　溪

〔塞尔维亚〕马克西莫维奇

wǒ shì yì tiáoshān xī
我是一条山溪，

wǒ bù shǔ yú shuí
我不属于谁。

wǒ bù tíng liú zài yí dì
我不停留在一地，

wǒ lián yè lǐ yě bù xiū xi
我连夜里也不休息。

wǒ rào cǎo dì zǒu
我绕草地走，

wǒ pāi zhe hé àn liú
我拍着河岸流。

我知道"打个盹"在这里的意思是什么。

wǒ zài hánlěng de dì fang dǎ gè dǔn
我在寒冷的地方打个盹，

wǒ zài shā tān shàngwán gè kāi xīn
我在沙滩上玩个开心。

中外经典儿童诗一百首

dāng sēn lín zài yōu jìng zhōng shuì de shēn chén
当 森 林 在 幽 静 中 睡 得 深 沉 ，

jiù tīng wǒ huā huā yǒu shēng
就 听 我 哗 哗 有 声 。

jiē zhe cóng xuán yá yì tóu tiào xià
接 着 从 悬 崖 一 头 跳 下 ，

zhā jìn shēn tán wǒ xiào hā hā
扎 进 深 潭 我 笑 哈 哈 。

wǒ yí lù yǒu tí niǎo xiāng bàn
我 一 路 有 啼 鸟 相 伴 ，

niǎo ér de gē shēng sòng wǒ men bèn yuǎn fāng
鸟 儿 的 歌 声 送 我 们 奔 远 方 。

（韦苇 译）

我能从诗中找出描写山溪快乐、自由的诗句。

17. 小 河

中申

小河，小河，

你告诉我：

你唱的是什么歌？

你从哪里来？

你到哪里去？

为什么急急地走着，

一歇也不歇？

小河轻轻地说：

我唱的是快乐的歌。

中外经典儿童诗一百首

wǒ cóng dà shān shàng lái
我从大山上来，

yǔ shuǐ lái zhǎo wǒ
雨水来找我，

xuě shuǐ lái zhǎo wǒ
雪水来找我，

wǒ men shǒu lā zhe shǒu
我们手拉着手，

dào dà hǎi lǐ qù zuò kè
到大海里去做客。

19. 蝌蚪

李昆纯

青草池塘绿茵茵，

小蝌蚪，墨晶晶，

一湾湾，一片片，一群群。

扭扭摆摆，

在游春，

多像五线谱上跳动的欢音。

小蝌蚪真像"五线谱上跳动的欢音"啊！

快卸去尾巴，系上绿裙，

待明日——

稻花深处，十里蛙声。

19. 田家四季歌

朱文叔

春季里，春风吹，

花开草长 蝴蝶飞。

麦苗儿多嫩，桑叶儿 正肥。

夏季里，农事忙，

采了蚕桑又插秧。

早起勤耕作，归来带月光。

秋季里，稻上 场，

谷像 黄金粒粒香。

shēn tǐ suī xīn kǔ　　xīn lǐ xǐ yángyáng
身体虽辛苦，心里喜洋洋。

dōng jì lǐ　　xuě chū qíng
冬季里，雪初晴，

xīn zhì mián yī nuǎn yòu qīng
新制棉衣暖又轻。

yì nián nóng shì liǎo　　dà jiā xiào yíng yíng
一年农事了，大家笑盈盈。

20. 走进大自然

zǒu jìn dà zì rán

金 木

追着小鸟，走进密林，

追着小溪，走进深山，

追着蝴蝶，走进花丛，

我们 融进大自然。

让小锤去敲醒每一块山石，

让画笔去访问每一片花瓣，

高高扬起我们的 双臂，

去拥抱一个斑斓的春天。

bǎ zì jǐ biànchéng dà shù ba
把自己变成大树吧，

qù tǐ yàn dà dì de shēnchén
去体验大地的深沉，

bǎ zì jǐ biànchéng bái yún ba
把自己变成白云吧，

qù gǎnshòu lán tiān de liáoyuǎn
去感受蓝天的辽远。

我也想走进大自然，把自己变成……

中外经典儿童诗一百首

单元课后题

诗句万花筒

如果你正在读《声律启蒙》，就会很容易发现下面诗句的特点，试着说一说。

1. 和野兔赛跑，看蘑菇打伞。

2. 早起勤耕作，归来戴月光。

3. 高声歌唱的小河，欢快打鼓的青蛙。

4. 小树请我去作客，大地等我换新衣。

5. 碰上石头它就打个滚，遇见小桥它就把头低。

咬文嚼字

下面这句诗，有三种理解，你认为哪一种更好，请在后面打"√"。

夏天的绿叶儿哪去了？

秋姐姐借去做地毯了。

1. 夏天过去了，秋天地上落满了树叶。

2. 诗人把夏天和秋天分别想象成夏哥哥和秋姐姐，把秋天落地的树叶想象为地毯。

3. 诗人把夏天和秋天分别想象成夏哥哥和秋姐姐，把秋天落地的树叶想象为地毯，一个"借"字用得真好！因为有借要有还，枯叶化作肥料还给树，明年又会长出新叶。

动手画一画

本组诗歌描写了许多美丽的画面，请选择其中的一两个，试着画一画。

二、乘着想象的翅膀

　　小鸟演讲，梦有色彩，小动物在雪地上画画，坐在弯月上观赏夜空……多么美妙的想象！阅读这些富有想象的诗，真是一种美的享受！美好的想象会使人心情愉悦，奇妙的想象会使大脑更聪明；想象不仅美，更是智慧的结晶。读诗就是和想象对话，就是开启智慧的门窗。

　　童年因想象而精彩。让我们乘着诗歌的翅膀，在想象的天空里自由地飞翔吧！

21. 小小的船

xiǎoxiǎo de chuán

叶圣陶

wānwān de yuè ér xiǎoxiǎo de chuán
弯弯的月儿小小的船。

xiǎoxiǎo de chuán ér liǎng tóu jiān
小小的船儿两头尖。

wǒ zài xiǎoxiǎo de chuán lǐ zuò
我在小小的船里坐，

zhǐ kànjiànshǎnshǎn de xīngxing lán lán de tiān
只看见闪闪的星星蓝蓝的天。

22. 夕暮

郭沫若

一群白色的绵羊，

团团睡在天上，

四周苍老的荒山，

好像瘦狮一样。

昂头望着天，

我替羊儿危险，

牧羊的人哟，

你为什么不见？

23. 蝴蝶

丽 砂

nǐ shì chūntiān de dēng
你是春天的灯，

zài lù yě shàngzhàomíng le
在绿野上照明了

yì tiáo zǒuxiànghuācóng de lù jìng
一条走向花丛的路径。

24. 小草

〔印度〕泰戈尔

小草呀，

你的脚步虽小，

但是你拥有你足下的土地。

（郑振铎　译）

童年就像诗中所说的"脚步"，值得每个人珍惜。

中外经典儿童诗一百首

25. 雨点
杜 风

雨点儿，

会画画，

在干干的地上，

画一朵朵菊花。

雨点儿，

爱游戏，

在光光的树叶上，

滑滑梯。

yǔ diǎn er duō le
雨点儿多了，

jǐ lái jǐ qù hǎohuān xǐ
挤来挤去好欢喜，

yì qǐ qù yóuyǒng
一起去游泳，

pǎodàoxiǎo hé lǐ
跑到小河里。

雨点儿那么小，那么简单，诗人却对它产生那么多有趣的想象！你对小雨点会有哪些想象呢？

中外经典儿童诗一百首

26. 过桥

邓元杰

shù xué tí　sān sì dào
数学题，三四道，

yì pái děng hào xiàng xiǎo qiáo
一排等号像小桥。

zuò duì le　zǒu guò qiáo
做对了，走过桥。

zuò cuò le　guò bù liǎo
做错了，过不了。

xiǎng yi xiǎng　suàn yi suàn
想一想，算一算，

kuài kuài lè lè guò le qiáo
快快乐乐过了桥。

27. 演讲

🎀 侯泽俊 🎀

鸟儿一演讲

张口就是音乐

花儿一演讲

开口就是芳香

风儿不会演讲

它轻轻地吹过来

让一树树的叶子

举起小手掌

为鸟儿、花儿的精彩表演鼓掌

鸟儿、花儿真可爱，风儿虽然不会演讲，但更可爱。

29. 浪花

刘饶民

làng huā jiā zài nǎ er
浪花家在哪儿？

jiā zài dà hǎi zhōng
家在大海中。

làng huā jǐ shí kāi
浪花几时开？

qǐng nǐ qù wèn fēng
请你去问风。

làng huā shén me sè
浪花什么色？

duǒ duǒ bái rú yún
朵朵白如云。

làng huā kāi duōshao
浪花开多少？

qiān qiān wàn wàn duǒ
千千万万朵。

让我想象一下，诗中是谁在问，谁在答呢？

29. 星星

〔芬兰〕索德格朗

当夜色降临，

我站在台阶上倾听：

星星蜂拥在花园里，

而我站在黑暗中。

听，一颗星星落地作响！

你别赤脚在这草地上散步，

我的花园到处都是星星的碎片。

（北岛　译）

30. 剪窗花
jiǎn chuāng huā

窦植

xiǎo jiǎn dāo　　shǒu zhōng ná
小剪刀，手中拿，

wǒ xué nǎi nai jiǎn chuāng huā
我学奶奶剪窗花。

jiǎn méi huā　　jiǎn xuě huā
剪梅花，剪雪花，

jiǎn duì xǐ què jiào zhā zhā
剪对喜鹊叫喳喳。

jiǎn zhī jī　　jiǎn zhī yā
剪只鸡，剪只鸭，

jiǎn tiáo lǐ yú yáo wěi ba
剪条鲤鱼摇尾巴。

dà hóng lǐ yú shuí lái bào
大红鲤鱼谁来抱？

ò　　zài jiǎn yí gè pàng wá wa
哦！再剪一个胖娃娃。

> 窗花不会动，可是诗歌却把窗花写活了。

31. 太阳落山了

张继楼

小鸟回家啦，

青翠的竹林是它的家。

小羊回家啦，

温暖的羊圈是它的家。

我也回家啦，

红红的新房是我的家。

太阳回家啦，

墨绿的大山是它的家。

51

中外经典儿童诗一百首

当大家都回到自己的家，

所有的家都在夜的家里啦！

32. 月亮掉进水里

关登瀛

月亮掉进水里，
碎了。
风儿呀，
你停一停，
小鸟呀，
你静一静；
小鱼呀，
你游开，
打水的小姑娘呀，

中外经典儿童诗一百首

nǐ děng yi děng
你 等 一 等 。

děng yuè liang yuán le
等 月 亮 圆 了 ，

nǐ men zài lái
你 们 再 来 。

圆月真美，让
我们一起来呵护美。

33. 雪地里的小画家

程宏明

下雪啦，下雪啦！

雪地里来了一群小画家。

小鸡画竹叶，小狗画梅花，

小鸭画枫叶，小马画月牙。

不用颜料不用笔，

几步就成一幅画。

青蛙为什么没参加？

他在洞里睡着啦。

诗歌里没用一个形容词，却情趣无限，美得让人陶醉！

中外经典儿童诗一百首

34. 小河

〔日本〕谷川俊太郎

妈妈，

小河为什么笑声朗朗？

因为太阳在胳肢她，使她发痒。

妈妈，

小河为什么在欢唱？

因为云雀在赞美她的潺潺声响。

妈妈，

小河为什么那么清凉？

yīn wèi tā chén jìn zài bèi xuě shēn ài zhe de xiá xiǎng zhōng
因为她沉浸在被雪深爱着的遐想中。

mā ma   xiǎo hé jǐ suì le
妈妈，小河几岁了？

tā yǒng yuǎn yǔ nián qīng de chūn tiān tóng líng
她永远与年轻的春天同龄。

mā ma   xiǎo hé wèi shén me bù xiū xi
妈妈，小河为什么不休息？

yīn wèi mǔ qin   dà hǎi shí kè zài bǎ tā pàn wàng
因为母亲——大海时刻在把她盼望。

（张凡 译）

中外经典儿童诗一百首

35. 青蛙写诗
qīng wā xiě shī

张秋生

xià yǔ le
下雨了，

yǔ diǎn xī lì lì　　shā lā lā
雨点淅沥沥，沙啦啦。

qīng wā shuō　　　wǒ yào xiě shī la
青蛙说：“我要写诗啦！”

xiǎo kē dǒu yóu guò lái shuō
小蝌蚪游过来说：

wǒ yào gěi nǐ dāng gè xiǎo dòu hào
“我要给你当个小逗号。”

chí táng lǐ de shuǐ pào pao shuō
池塘里的水泡泡说：

wǒ néng dāng gè xiǎo jù hào
“我能当个小句号。”

hé yè shàng de yí chuàn shuǐ zhū shuō
荷叶上的一串水珠说：

wǒ men kě yǐ dāng shěng lüè hào
"我们可以当 省略号。"

qīng wā de shī xiě chéng le
青蛙的诗写成了：

guāguā   guāguā
"呱呱，呱呱，

guāguāguā
呱呱呱。

guāguā   guāguā
呱呱，呱呱，

guāguāguā
呱呱呱……"

标点倒是都用上了，可是青蛙写了些什么啊？你能读懂吗？

中外经典儿童诗一百首

36. 夏季，冬天住在哪里

〔拉脱维亚〕瓦彩吉斯

夏季，冬天就钻进了衣橱，

爬上了衣架。

皮帽，绒衫，卫衣，

还有手套和它们在一起。

夏季，冬天就躲进了贮藏室，

那里，它和滑冰鞋，

和雪橇、滑雪板，

安静地睡成一堆。

xià jì　　tā zhù jìn le lěng yǐn diàn
夏季，它住进了冷饮店，

hé tā zuò bàn de yǒu bīng gāo
和它做伴的有冰糕，

hái yǒu qiǎo kè lì bīng qí lín
还有巧克力冰淇淋。

děng dào xuě huā yòu fēi
等到雪花又飞，

dōng tiān dǒu dou shēn zi
冬天抖抖身子，

cóng yī chú lǐ zǒu chū lái
从衣橱里走出来，

yú shì xià tiān duǒ jìn zhù cáng shì
于是夏天躲进贮藏室。

xià tiān huì bú huì duǒ jìn lěng yǐn diàn
夏天会不会躲进冷饮店？

zhè wǒ men kě jiù bù zhī dào le
这我们可就不知道了——

dōng tiān　　lěng yǐn diàn suǒ zhe mén
冬天，冷饮店锁着门。

（韦苇　译）

夏天会不会躲进冷饮店？你来猜猜看。

37. 梦想

顾城

种子在冻土里

梦想着春天。

它梦见——

自己舒展着颤动的腰身，

长睫旁闪耀着露滴的银钻；

它梦见——

蝴蝶轻轻地吻它，

春蚕张开了新房的金幔；

tā mèngjiàn
它 梦 见——

wú shù huā duǒ zhēng kāi le zhì qì de yǎnjing
无 数 花 朵 睁 开 了 稚 气 的 眼 睛，

jiù xiàng yuè liang shēn biān de wàn qiān xīng diǎn
就 像 月 亮 身 边 的 万 千 星 点……

zhǒng zi a
种 子 啊，

zài dòng tǔ lǐ mèng xiǎng chūn tiān
在 冻 土 里 梦 想 春 天……

冻土定会融化，
梦想终会实现。

39. 彩色的梦

高洪波

我有一大把彩色的梦，

有的长，有的圆，有的硬。

他们躺在铅笔盒里聊天，

一打开，就在白纸上跳蹦。

脚尖儿滑过的地方，

大块的草坪，绿了；

大朵的野花，红了；

大片的天空，蓝了；

蓝——得——透——明！

zài cōng yù de sēn lín lǐ
在葱郁的森林里，

xuě sōng men lā zhe shǒu
雪松们拉着手，

qǐng xiǎo niǎo liú xià gē shēng
请小鸟留下歌声。

xiǎo wū de yān cōng shàng
小屋的烟囱上，

jiē yí gè píng guǒ bān de tài yáng
结一个苹果般的太阳，

yòu dà yòu hóng
又大——又红！

wǒ de cǎi sè qiān bǐ
我的彩色铅笔，

shì dà sēn lín de jīng líng
是大森林的精灵。

wǒ de cǎi sè mèng jìng
我的彩色梦境，

yǒu shuǐ guǒ xiāng yǒu jì jié fēng
有水果香，有季节风，

hái yǒu zǐ pú tao de dīng níng
还有紫葡萄的叮咛，

zài xī shuǐ lǐ liú dòng
在溪水里流动……

"我"的梦有的
"长"，有的"圆"，
有的"硬"，我知道
这是为什么……

中外经典儿童诗一百首

39. 图画书和它的插图

tú huà shū hé tā de chā tú

❧雪　野❧

夏日的田野

xià rì de tián yě

一本七彩斑斓的图画书

yì běn qī cǎi bān lán de tú huà shū

飞翔的小鸟们

fēi xiáng de xiǎo niǎo men

从容地读着

cóng róng de dú zhe

一遍又一遍

yí biàn yòu yí biàn

看那两只小鸟

kàn nà liǎng zhī xiǎo niǎo

被那动人的情节吸引

bèi nà dòng rén de qíng jié xī yǐn

呆呆地站着

dāi dāi de zhàn zhe

成了书中

chéng le shū zhōng

最美的插图

zuì měi de chā tú

这是一本什么样的书呢？

40. 白杨问风
bái yáng wèn fēng

〔苏联〕托克玛科娃

"风儿，你好，
fēng ér   nǐ hǎo

你好，风儿！
nǐ hǎo   fēng ér

你卷动着飞向什么地方？
nǐ juǎn dòng zhe fēi xiàng shén me dì fang

你天不亮就起来往哪赶？
nǐ tiān bú liàng jiù qǐ lái wǎng nǎ gǎn

你别忙呀，你对我讲讲！"
nǐ bié máng ya   nǐ duì wǒ jiǎng jiang

"白杨，我得往城里赶，
bái yáng   wǒ děi wǎng chéng lǐ gǎn

我带给城市许多问候，
wǒ dài gěi chéng shì xǔ duō wèn hòu

今天，我要亲自
jīn tiān   wǒ yào qīn zì

把许多问候送到。
bǎ xǔ duō wèn hòu sòng dào

问候广场，问候小巷，

问候地铁，问候信号灯，

问候每个十字路口，

问候每幢耸立的楼房。

我带去乡间大道和山径的问候，

我带去旷野小草的问候，

我带去雪球花的问候，

我带去知更鸟和山鸟的问候。

我希望城市也有快乐的春天，

我希望城市也能洋溢芬芳，

我希望城市里的人们

也能听见林中群鸟的欢唱！"

（韦苇　译）

单元课后题

诗句万花筒

读读下面的诗句，记下来。

1. 四周苍老的荒山，好像瘦狮一样。

2. 一排等号像小桥。

3. 松鼠的尾巴好像一把伞。

4. 那原始森林，是我们祖先的摇篮。

5. 北极星是盏指路明灯。

咬文嚼字

我读《雪地上的小画家》

天地静寂，雪花纷扬；雪地上忽然来了一群欢蹦乱跳的"小画家"，纯净洁白的雪地上留下了它们率真的"杰作"——如花似月的足印……

就是这再平常不过、雪地上动物的足印，却使诗人产生如此绝妙的想象，并创造出如此美的画面！特别是诗的结尾，青蛙在洞里睡着啦，简直就是神来之笔！它为诗歌平添了无限的情趣。

动手连一连

诗人看到的或听到的	诗人的想象
小蝌蚪	五线谱上跳动的欢音
弯弯的月儿	一群白色的绵羊
天上的云朵	剪出了一幅春天的窗花
呱呱呱、水泡泡、水珠	我要写诗啦
春天　小燕子的尾巴	小小的船

三、难以忘怀的童真童趣

小孩子想说就说，想哭就哭，想笑就笑，不会装假，不知掩饰，这叫童真；小孩子在镜子里看到自己，不知是谁，还要上前拉拉手，抱一抱，这叫童趣。

在本组诗歌中，诗人用他们特有的慧眼和一颗不老的童心，为小朋友描绘了一幅幅充满童真童趣的画卷。在画卷中，你可能会发现自己的身影，为自己小时候的"风采"会心一笑。

41. 湖 上

胡 适

水 上 一 个 萤 火，

水 里 一 个 萤 火，

平 排 着，

轻 轻 地，

打 我 们 的 船 边 飞 过。

他 们 俩 儿 越 飞 越 近，

渐 渐 地 并 作 了 一 个。

42. 萤火虫

叶圣陶

yínghuǒchóng　　diǎn dēng long
萤火虫，点灯笼，

fēi dào xī　　fēi dàodōng
飞到西，飞到东。

fēi dào hé biān shàng　　xiǎo yú zài zuòmèng
飞到河边上，小鱼在做梦。

fēi dàoshù lín　lǐ　　xiǎoniǎoshuìzhèngnóng
飞到树林里，小鸟睡正浓。

fēi guòzhāng jiā qiáng　　zhāng jiā　zǐ mèimáng cái féng
飞过张家墙，张家姊妹忙裁缝。

fēi guò　lǐ　jiā qiáng　　lǐ　jiā　gē ge zuò yè gōng
飞过李家墙，李家哥哥做夜工。

yínghuǒchóng　　yínghuǒchóng
萤火虫，萤火虫，

hé bù　fēi shàngtiān
何不飞上天，

zuò gè xīngxingguàtiānkōng
做个星星挂天空。

73

中外经典儿童诗一百首

这只小小的萤火虫在这天夜里都看到了什么呢?

43. 小企鹅

杨晓利

小企鹅，美滋滋，

旅游穿件黑褂子，

出门忘了系扣子，

露出白白大肚子。

我要读出小企鹅又可爱、又可笑的样子。

44. 猫头鹰

māo tóu yīng

常福生

zhēng yì zhī yǎn
睁 一 只 眼

fàngshào
—— 放 哨 ,

bì yì zhī yǎn
闭一只眼

shuìjiào
—— 睡 觉 。

wǒ yào shi xiàng māo tóu yīng
我要是像猫头鹰

gāi yǒu duō miào
该有多妙!

yì zhī yǎn zhēng zhe
一只眼睁着

kàn diàn shì
—— 看 电 视 ,

yì zhī yǎn bì zhe
一只眼闭着

shuìjiào
—— 睡 觉 。

75

人不能像猫头
鹰那样一心二用。

中外经典儿童诗一百首

45. 大象

〔苏联〕马尔夏克

péng you sòng gěi dà xiàng yì shuāng xié
朋友送给大象一双鞋。

dà xiàng jiē guò xié zi yì chǒu shuō
大象接过鞋子一瞅说：

wǒ chuān de xié yào yòu kuān yòu dà
"我穿的鞋要又宽又大，

bìng qiě yì shuāng bú gòu děi sì zhī
并且，一双不够，得四只！"

（韦苇 译）

> 大象的朋友肯定只有两只脚，他是天真还是马虎呢？

46. 荷 叶 (hè yè)

董恒波

lǜ sè de hé yè
绿色的荷叶，

xiàng yì tiáo xiǎo chuán er
像一条小船儿

zài hú miàn shàng piāo
在湖面上漂。

àn shàng de qīng wā kàn jiàn le
岸上的青蛙看见了，

yì dēng tuǐ er   wǎng xiǎo chuán shàng tiào
一蹬腿儿，往小船上跳。

hé yè yáo le yáo
荷叶摇了摇，

bǎ qīng wā shuǎi diào
把青蛙甩掉：

kuài xià qù   nǐ méi yǒu mǎi piào
快下去，你没有买票！

小青蛙为什么
要买票啊?

47. 吹泡泡

柯 岩

红的花，白的花

花间两个小娃娃。

小娃娃，干什么？

比比谁吹的泡泡大！

别出声，别说话，

……

憋足气，使劲儿呀！

呵——

吹圆了泡泡，

chuī gǔ le miàn jiá
吹鼓了面颊，

chuī nuǎn le chūntiān
吹 暖 了 春 天，

chuīxiào le
吹 笑 了

mǎnshùxiānhuā
满 树 鲜 花……

中外经典儿童诗一百首

49. 请进来

[越南] 胡光阁

笃，笃，笃。

"谁敲门呀？"

"是我，小白兔。"

"你要真是小白兔，

就让我看看你的耳朵。"

笃，笃，笃。

"谁敲门呀？"

"是我，小鹿。"

"真是小鹿吗，

让我看看你头上的角。"

笃，笃，笃。

"谁敲门呀？"

"是我，我是小鸭。"

"你要真是小鸭，

伸出脚来让我看看吧。"

笃，笃，笃。

"谁敲门呀？"

"是我，我是风。"

"你果真是风，

你自个儿从门缝往里钻。"

（韦苇　译）

为什么要让风自个儿从门缝往里钻呢？

中外经典儿童诗一百首

49. 影子

林焕彰

影子在左，

影子在右，

影子是一个好朋友，

常常陪着我。

影子在前，

影子在后，

影子是一只小黑狗，

常常跟着我。

阳光下，你的影子都在哪呢？这些影子又像什么呢？

50. 倒影

〔美国〕谢尔·希尔弗斯坦

每当我看到水中

那个家伙头朝下，

就忍不住冲他笑哈哈。

但我本不该笑话他。

也许在另一个世界、

另一个时间、

另一个小镇，

稳稳站着的是他，

而我才是大头朝下。

那个"稳稳站着的他"住在哪儿呢？"我"为什么会大头朝下？

83

中外经典儿童诗一百首

（佚名 译）

51. 小放牛

xiǎo fàng niú

❧ 梁上泉 ❧

xiǎo niū niu
小妞妞，

qīng zǎo qǐ lái qù fàng niú
清早起来去放牛；

niú bí shéng
牛鼻绳，

fǎn zhuǎn qiān zhe tā de shǒu
反转牵着她的手；

guāng jiǎo yā
光脚丫，

chuān zhe cǎo jiān de lù shuǐ zǒu
穿着草间的露水走；

miè bèi dōu
篾背篼，

xié zhe guà zài shēn bèi hòu
斜着挂在身背后；

wān lián dāo
弯镰刀，

xiāo le gè zhú shào qīng chuī zòu
削了个竹哨轻吹奏；

qiān niú huā
牵牛花，

duì tā hán xiào zhāng kāi kǒu
对她含笑张开口。

52. 找　梦

田　地

我一睡着，

梦就来了。

我一醒来，

梦就去了。

梦从哪里来？

又到哪里去？

我多么想知道，

想把它们找到！

zài zhěn tou lǐ ma
在枕头里吗？

wǒ kàn kan　　méi yǒu
我看看——没有。

zài bèi wō zhōng ma
在被窝中吗？

wǒ kàn kan　　méi yǒu
我看看——没有。

guān shàng mén yě hǎo
关上门也好，

guān shàng chuāng yě hǎo
关上窗也好，

zhǐ yào yì hé yǎn
只要一合眼，

mèng jiù yòu lái le
梦就又来了。

那个找梦的小朋友真可爱，梦到底从哪里来，又到哪里去了呢？

87

53. 笑
xiào

高洪波

tīng dà ren men shuō
听大人们说：

xiào yi xiào　　shí nián shào
"笑一笑，十年少。"

xiào　　dàng zhēn nà me qí miào
笑，当真那么奇妙？

yé ye　　nín měi tiān xiào wǔ cì
爷爷，您每天笑五次，

bà ba　　nín měi tiān xiào sān cì
爸爸，您每天笑三次，

jiù biàn de hé wǒ
就变得和我

yí yàng xiǎo
一样小！

kě shì wǒ zhī dào
可是我知道

nǐ men pà biàn xiǎo
你们怕变小。

biànxiǎo le
变 小 了

yào kǎo shì　　zuò zuò yè　　bèi kè wén
要 考 试， 做 作 业， 背 课 文，

yǒu nà me duō de fán nǎo
有 那 么 多 的 烦 恼，

suǒ yǐ　　nǐ men bú yuànxiào
所 以， 你 们 不 愿 笑！

wǒ xiǎng bú xiào
我 想 不 笑，

kě yòu zuò bú dào
可 又 做 不 到，

yǒu fán nǎo yě xiǎngxiào
有 烦 恼 也 想 笑，

yīn cǐ　　wǒ zǒng zhǎng bù gāo
因 此， 我 总 长 不 高。

爱笑的小朋友不会长不高哦。

中外经典儿童诗一百首

làng huā wá wa
54. 浪花娃娃

❧ 樊发稼 ❧

zài jīn sè de shā tān shàng
在金色的沙滩上，

zài rè hōnghōng de yángguāng xià
在热烘烘的阳光下，

wǒ menyòng shǒu zhǐ tou
我们用手指头

huà chū gè zhǒng gè yàng
画出各种各样

yǒu qù de tú huà
有趣的图画。

hū rán
忽然，

shì nǎ ge táo qì bāo
是哪个淘气包？

hū lā lā yí xià
呼啦啦一下，

bǎ wǒ men de tú huà
把我们的图画，

quán gěi mǒ la
全 给 抹 啦。

yā　　yuán lái shì nǐ
呀， 原 来 是 你，

héngchōng zhí zhuàng de lànghuā wá wa
横 冲 直 撞 的 浪 花 娃 娃！

wǒ menzhèngyàozhǎo nǐ píng lǐ
我们 正 要 找 你 评 理，

nǐ zǎo jiù pǎo huí hǎi lǐ la
你 早 就 跑 回 海 里 啦，

hái zài nà lǐ tiáo pí de xiào na
还 在 那 里 调 皮 地 笑 呐：

huā huā
哗 哗，

huā huā
哗 哗，

hā hā
哈 哈，

hā hā
哈 哈……

91

中外经典儿童诗一百首

bīngdòng de mèng
55. 冰冻的梦

〔美国〕谢尔·希尔弗斯坦

wǒ yào bǎ zuó wǎn kāi xīn de mèng
我要把昨晚开心的梦

zài bīngxiāng lǐ bǎo cún xià lái
在冰箱里保存下来。

hěn yuǎn de jiāng lái　　dāng wǒ biàn chéng
很远的将来，当我变成

yí gè lǎo gōng gong　　xū fà quán bái
一个老公公，须发全白，

wǒ jiù qǔ chū wǒ bīng dòng de mèng
我就取出我冰冻的梦，

bǎ tā jiā rè　　bǎ tā huà kāi
把它加热，把它化开，

rán hòuyòng tā lái wù wǒ bīng dòng de jiǎo
然后用它来焐我冰冻的脚，

wēn nuǎn jiāng huì cóng jiǎo zhǐ chuán rù xīn huái
温暖将会从脚趾传入心怀。

让童年的梦永远新鲜，
让不泯的童心永不衰老！

（韦苇　译）

56. 什么，为什么，怎么样

〔匈牙利〕哈尔什

夏天时，冬天在哪里？

冬天时，夏天在哪里？

天亮时，黑夜在哪里？

夜里，白天的太阳在哪里？

白天，夜里的月亮在哪里？

叶子不动的时候，风在哪里？

为什么河水会不停地流动？

湖是站着不动的水吗？

鱼儿能在空中游吗？

中外经典儿童诗一百首

niǎo ér néng zài shuǐzhōng fēi ma
鸟儿能在水中飞吗？

shén me　　wèi shén me　　zěn me yàng
什么？为什么？怎么样？

zhè xiē dá　àn shuí néng gào su wǒ
这些答案谁能告诉我？

（韦苇　译）

这首诗真好玩，每句都是问话。试试你能回答多少。

57. 蜗牛

杨 唤

我驮着我的小房子走路，

我驮着我的小房子爬树，

慢慢地，慢慢地，

不急也不慌。

我驮着我的小房子旅行，

到处去拜访，

拜访那和花朵和小草们亲嘴的太阳，

我要问问他：

为什么他不来照一照，

我住的那样又湿又脏的鬼地方。

59. 水城威尼斯

〔意大利〕贾尼·罗大里

水面上一座古桥，
一个月亮在古桥上挂。

水面下一座古桥，
一个月亮挂在石桥下。

天上一眨一眨的是星星，
水下是星星一眨一眨。

你说哪一座古桥是真？
你说哪一个月亮是假？

不管谁真谁假，都一样美！

（任溶溶　译）

59. 爷爷生气了

张乔若

为什么把爷爷的头发

画得都竖起来了呢

因为爷爷老爱生气

那为什么还要在头发上

画一把剪刀呢

因为宝宝想把爷爷的坏脾气剪掉

宝宝，我要告诉你：
剪掉爷爷的头发，一点儿
也剪不掉爷爷的坏脾气！

中外经典儿童诗一百首

60. 摇太阳

杨立辉

黄昏

夕阳西沉

挂到了树杈上

小伙伴们猛地冲上去

抱着小树拼命地摇

树叶纷纷落下

怎么就不见太阳掉下来呢

抬头一看

真是一群可爱的小家伙。

原来太阳跑到

另一棵树的树杈上去了

单元课后题

读一读，你喜欢这些诗句吗？

1. 小企鹅，美滋滋，旅游穿件黑褂子。

2. 牵牛花，对她含笑张开口。

3. 雪松们手拉手，请小鸟留下歌声。

4. 小河轻轻地说：我唱的是快乐的歌。

5. 雪人大肚子一挺，说："我是冬天。"

《 童真童趣 》

＊ 本组诗歌中有许多生动形象、幽默风趣的描写，如：憨态可掬的小企鹅，甩掉青蛙的荷叶，两个吹泡泡的娃娃，让风从门缝里进来的小主人，快乐自由的放牛娃小妞妞，调皮快乐的浪

花娃娃……和爸爸妈妈一起朗读这些有趣的诗，并请他们指导点评。

　　* 　问一问爸爸、妈妈、爷爷、奶奶……请他们讲讲你的童真有哪些表现，选择其中有趣的事和小伙伴交流。

四、成长的呼唤

春天，破土而出的小芽，面对陌生、新奇的世界，他在呼喊！喊什么呢？啊！听到了，全世界都听到了，他在喊："我要成长！"

成长如梦，成长是诗。成长的道路恰似一条弯弯的小河，不停地往前流淌。本组的每一首诗都像成长的小河里扬起的一朵浪花，浪花有时会唱起欢乐的歌，有时也会倾吐成长的烦恼。读着这些诗歌，你会发现自己在不断长大。

61. 书架
shū jià

安武林

wǒ de shū jià
我的书架

shì bú shì xiàng
是不是像

xiāng xià tián yě lǐ zhǎng mǎn de zhuāng jia
乡下田野里长满的庄稼

shì bú shì xiàng
是不是像

chéng shì huā yuán lǐ shèng kāi de xiān huā
城市花园里盛开的鲜花

shì bú shì xiàng
是不是像

wǔ yuè tiān kōng lǐ piāo mǎn de cǎi xiá
五月天空里飘满的彩霞

rú guǒ wǒ shì yì kē xiǎo xiǎo de lǜ dòu
如果我是一颗小小的绿豆

nà me wǒ de shū jià jiù shì yì hóng qīng shuǐ
那么我的书架就是一泓清水

tā ràng wǒ de xīn màn màn fā yá
它让我的心慢慢发芽

诗人为什么要把书架比做"庄稼、鲜花、彩霞、清水"呢?

shén qí de shū
62. 神奇的书

〔美国〕艾米莉·狄金森

没有一艘非凡的战舰，

能像一册书籍

把我们带到浩瀚的天地；

也没有一匹神奇的坐骑，

能像一页诗扉

带我们领略人世的真谛；

即令你一贫如洗，

也没有任何栅栏能阻挡

中外经典儿童诗一百首

nǐ zài shū de wángguó áo yóu de bù lǚ
你在书的王国遨游的步履。

duō me zhì pǔ wú huá de chē qí
多么质朴无华的车骑！

kě shì tā què zhuāng zài le
可是它却装载了

rén lèi líng hún zhōng quán bù de měi lì
人类灵魂中全部的美丽！

（龙芳元　译）

一个人的成长，不能没有书。

63. 再试一次

佚 名

再试一次，

再试一次，

别灰心，

你会飞上天，

别灰心，

天空这样明，

天空这样蓝，

你别苦着脸！

你再试一次，

nǐ huì de
你会的，

nǐ huì fēi shàng tiān
你会飞上天。

我知道"再试一次"的意思是什么。

（韦苇 译）

64. 小熊过桥

❧ 蒋应武 ❧

xiǎo zhú qiáo　　yáo yáo yáo
小竹桥，摇摇摇，

yǒu gè xiǎoxióng lái guòqiáo
有个小熊来过桥，

zǒu bù wěn　　zhàn bù láo
走不稳，站不牢，

zǒu dào qiáoshàng xīn luàntiào
走到桥上心乱跳。

shù shàng wū yā wā wā jiào
树上乌鸦哇哇叫，

qiáo xià liú shuǐhuā huāxiào
桥下流水哗哗笑。

mā ma　　mā ma　　kuài lái ya
"妈妈，妈妈，快来呀！

kuài bǎ xiǎoxióng bào guòqiáo
快把小熊抱过桥！"

hé lǐ lǐ yú tiào chū lái
河里鲤鱼跳出来，

107

中外经典儿童诗一百首

duì zhe xiǎoxióng dà shēng jiào
对着小熊大声叫，

xiǎoxióng xiǎoxióng bú yào pà
"小熊，小熊，不要怕，

yǎn jing xiàng zhe qiánmiàn qiáo
眼睛向着前面瞧！"

yí èr sān xiàng qián pǎo
一二三，向前跑，

xiǎoxióng guò qiáo huí tóu xiào
小熊过桥回头笑，

lǐ yú lè de wěi ba yáo
鲤鱼乐得尾巴摇。

65. 上学去

〔苏联〕阿·利·巴尔托

bǐ jiā jīn yè xǐng le shí biàn
彼加今夜醒了十遍，

zhè dào dǐ shén me yuán gù
这到底什么缘故？

yuán lái tā jīn tiān tóu yì tiān
原来他今天头一天，

jìn yì nián jí dú shū
进一年级读书。

tā xiàn zài shì gè xīn xué shēng
他现在是个新学生，

bú zài shì pǔ tōng xiǎo hái
不再是普通小孩。

tā nà jiàn xīn wài yī yì chuān shàng
他那件新外衣一穿上，

yǒu tiáo lǐng zi fān chū lái
有条领子翻出来。

tā hēi yè lǐ yí jiào xǐng lái
他黑夜里一觉醒来，

中外经典儿童诗一百首

才不过是三点钟。

学校会不会早上课？

他心里扑通扑通。

他两分钟穿好衣服，

拿起了笔盒就跑。

他的爸爸连忙赶来，

在门口把他追到。

隔壁邻居都起床，

"啪嗒"把电灯开亮，

隔壁邻居都起床，

接着又都上床。

它吵醒了一屋行人，

dào tiān liàng hái shuì bù zháo
到天亮还睡不着。

lián nǎi nai yě zuò mèng kàn jiàn
连奶奶也做梦看见，

tā de gōng kè zuò bù hǎo
她的功课做不好。

lián yé ye yě mèng jiàn zì jǐ
连爷爷也梦见自己，

zhàn zài yí kuài hēi bǎn páng
站在一块黑板旁，

zài dì tú shàng méi fǎ zhǎo dào
在地图上没法找到

mò sī kē hé zài shén me dì fang
莫斯科河在什么地方。

bǐ jiā jīn yè xǐng le shí biàn
彼加今夜醒了十遍，

zhè dào dǐ shén me yuán gù
这到底什么缘故？

zhǐ wèi tā jīn tiān tóu yì tiān
只为他今天头一天，

jìn yì nián jí niàn shū
进一年级念书。

（任溶溶　译）

66. 自己能念多好

〔俄罗斯〕别莱斯托夫

自己认得书里的字多好！

不用天天去缠着我妈妈，

不用去求我奶奶："你念呀，

念个故事给我听听呀！"

也不用可怜巴巴去央求我姐：

"求你再给读上一页吧！"

现在我不用等别人

有没有工夫，

现在我不用管别人

kòngxián bú kòngxián
空 闲 不 空 闲 ,

wǒ ná qǐ shū lái
我 拿 起 书 来 ,

zì jǐ jiù néngniàn
自 己 就 能 念 !

（韦苇　译）

我也会读书了!
我又长大了! 多么自
豪! 我知道这首诗应
该怎样读了。

中外经典儿童诗一百首

67. 自己去吧

李少白

小猴子说："妈妈，
我要吃果子。"

妈妈说：

"树上多着呢，
自己去摘吧。"

这样，

小猴子学会了爬树。

小鸭说："妈妈，
我要洗澡。"

mā ma shuō
妈妈说：

chí táng dà zhe ne
"池塘大着呢，

zì jǐ qù xǐ ba
自己去洗吧。"

zhè yàng
这样，

xiǎo yā zi xué huì le yóu yǒng
小鸭子学会了游泳。

xiǎo yīng shuō   mā ma
小鹰说："妈妈，

shān nà biān zěn me yàng a
山那边怎么样啊？"

mā ma shuō
妈妈说：

fēng jǐng kě měi la
"风景可美啦，

zì jǐ qù kàn ba
自己去看吧。"

zhè yàng
这样，

xiǎo yīng xué huì le fēi xiáng
小鹰学会了飞翔。

小猴子、小鸭子、小鹰是怎样学会爬树、游泳、飞翔的？

中外经典儿童诗一百首

69. 手上的画

慈琪

我在手背画一个太阳，

举起来给所有人欣赏。

自己假装向日葵，

抬头仰望，

啊，世界多好看！

我在手心画一个悲伤的小人，

没有人看见，

顺着我的胳膊，爬进心里，

独自睡着了。

在我的成长过程中，也有过"悲伤的小人"爬进心里……

69. 夜色

柯 岩

我从前胆子很小很小，

天一黑就不敢往外瞧。

妈妈把勇敢的故事讲了又讲，

可我一看窗外心就乱跳……

爸爸晚上偏要拉我去散步，

原来花草都像白天一样微笑。

从此再黑再黑的夜晚，

我也能看见小鸟

怎样在夜光下睡觉……

70. 我学写字

〔比利时〕莫利斯·卡雷姆

当我学着写"小绵羊"

一下子，树呀，房子呀，

栅栏呀，妈妈，

凡是我眼睛看到的一切，

就都弯卷起来，像羊毛一样。

当我拿笔把"河流"

写上我的练习本，

我的眼前就溅起一片浪花，

还从水底升起一座宫廷。

dāng wǒ de bǐ xiě hǎo le cǎo dì
当我的笔写好了"草地",

wǒ jiù kàn dào zài huā jiān
我就看到在花间

máng lù de xiǎo mì fēng
忙碌的小蜜蜂,

liǎng zhī hú dié xuán wǔ zhe
两只蝴蝶旋舞着,

wǒ huī shǒu jiù néng bǎ tā dōu jìn wǎng zhōng
我挥手就能把它兜进网中。

yào shi wǒ xiě shàng wǒ de bà ba
要是我写上"我的爸爸",

wǒ lì kè jiù xiǎng
我立刻就想

chàng chàng gē bèng jǐ xià
唱唱歌蹦几下,

wǒ gè er zuì gāo shēn tǐ zuì bàng
我个儿最高,身体最棒,

shén me shì wǒ quán néng gàn de dǐng guā guā
什么事我全能干得顶呱呱。

（韦苇 译）

71. 明天要远足

míng tiān yào yuǎn zú

❧ 方素珍 ❧

翻过来，
fān guò lái

唉——
ài

睡不着。
shuì bù zháo

那地方的海，
nà dì fang de hǎi

真的像老师说的，
zhēn de xiàng lǎo shī shuō de

那么多种颜色吗？
nà me duō zhǒng yán sè ma

翻过去，
fān guò qù

唉——
ài

睡不着。
shuì bù zháo

nà dì fang de yún
那 地 方 的 云 ，

zhēn de xiàng tóng xué shuō de
真 的 像 同 学 说 的 ，

nà me jié bái róu ruǎn ma
那 么 洁 白 柔 软 吗 ？

fān guò lái
翻 过 来 ，

fān guò qù
翻 过 去 ，

ài
唉 ——

dào dǐ shén me shí hou
到 底 什 么 时 候 ，

cái tiān liàng ne
才 天 亮 呢 ？

中外经典儿童诗一百首

72. 年轮

郁旭峰

一年一圈

一圈一年

年轮是树儿记在心底的

成长日记

记着狂风

记着冷雪

一个圈圈

曲曲折折一年

jì zhe yáng guāng
记着阳光

jì zhe yǔ lù
记着雨露

yí gè quān quan
一个圈圈

yuán yuán mǎn mǎn yì nián
圆圆满满一年

jì zhe kāi huā
记着开花

jì zhe jiē guǒ
记着结果

yí gè quān quan
一个圈圈

kuài kuài lè lè yì nián
快快乐乐一年

yì quān yì quān
一圈一圈

xiǎo shù de rì jì běn lǐ
小树的日记本里

měi yì quān
每一圈

dōu jì zhe zhǎng dà de mèng
都记着长大的梦

年轮是怎样记着树儿长大的梦的呢?

73. 再见

〔日本〕金子美铃

下船的孩子对大海说，

上船的孩子对陆地说。

船儿对栈桥说，

栈桥对船儿说。

钟声对大钟说，

炊烟对小镇说。

小镇对白天说，

夕阳对天空说。

wǒ yě shuō ba
我也说吧，

shuō zài jiàn ba
说再见吧。

duì jīn tiān de wǒ
对今天的我，

shuō zài jiàn ba
说再见吧。

诗中都谁和谁说
"再见"呢？让我想
象一下，他们在互相
道别之后，又分别去
做什么了呢？

（吴菲 译）

中外经典儿童诗一百首

74. 一个接一个

〔日本〕金子美铃

月夜，正玩着踩影子，

就听大人叫着："快回家睡觉！"

唉，我好想再多玩一会儿啊。

不过，回家睡着了。

倒可以做各种各样的梦呢！

正做着好梦，

又听见大人在叫：

"该起床上学啦！"

唉，要是不上学就好了。

bú guò　　 qù le xuéxiào
不过，去了学校，

jiù néng jiàn dào xiǎo huǒ bàn
就能见到小伙伴，

duō me kāi xīn na
多么开心哪！

zhèng hé xiǎo huǒ bàn men wán zhe tiào fáng zi
正和小伙伴们玩着跳房子，

cāo chǎng shàng què xiǎng qǐ le shàng kè líng shēng
操场上却响起了上课铃声。

ài　　 yào shi méi yǒu shàng kè líng jiù hǎo le
唉，要是没有上课铃就好了。

bú guò　　 tīng lǎo shī jiǎng gù shi
不过，听老师讲故事，

yě shì hěn kuài lè hěn yǒu qù de ya
也是很快乐很有趣的呀！

bié de hái zi yě shì zhè yàng ma
别的孩子也是这样吗？

yě xiàng wǒ yí yàng　　 zhè me xiǎng ma
也像我一样，这么想吗？

（吴菲　译）

无论在生活中遇到什么，
都这样想，那该多好啊！

75. 怀抱

魏宗

白云团聚在蓝天的怀抱，
——自由自在飘呀飘；

星星围拢在月亮的怀抱，
——眨巴眼睛爱思考；

小鸟嬉戏在树林的怀抱，
——唧唧喳喳唱歌谣；

鱼儿欢跃在大海的怀抱，
——快快活活吹泡泡；

小朋友簇拥在校园的怀抱，
——苗壮成长好苗苗！

76. 怎么都快乐

任溶溶

一个人玩，很好！

独自一个，静悄悄的，

正好用纸折船，折马……

踢毽子，跳绳，搭积木，

当然还有看书，画画，

听音乐……

两个人玩，很好！

讲故事得有人听才行，

你讲我听，我讲你听。

129

中外经典儿童诗一百首

hái yǒu xià xiàng qí　　dǎ yǔ máo qiú
还有下象棋，打羽毛球，

zuò qiāoqiāobǎn
坐跷跷板……

sān gè rén wán　　hěn hǎo
三个人玩，很好！

jiǎng gù shi duō gè rén tīnggèng yǒu jìn
讲故事多个人听更有劲，

nǐ jiǎng wǒ mentīng　　wǒ jiǎng nǐ mentīng
你讲我们听，我讲你们听。

liǎng gè rén shuǎi shéng zi
两个人甩绳子，

nǐ tiào　　wǒ tiào　　lún liú tiào
你跳，我跳，轮流跳。

sì gè rén wán　　hěn hǎo
四个人玩，很好！

wǔ gè rén wán　　hěn hǎo
五个人玩，很好！

xǔ duō rén wán　　gèng hǎo
许多人玩，更好！

rén duō　　shén me yóu xì dōunéngwán
人多，什么游戏都能玩，

bá hé　　lǎo yīngzhuōxiǎo jī
拔河，老鹰捉小鸡，

dǎ pái qiú　　dǎ lán qiú
打排球，打篮球，

tī zú qiú
踢足球……

lián kāi yùn dòng huì yě kě yǐ
连开运动会也可以。

中外经典儿童诗一百首

❧ 樊发稼 ❧

sān gè hái zi guāng jiǎo yā
三个孩子光脚丫，

zuò zài hǎi tān kàn lànghuā
坐在海滩看浪花。

huā　　　huā
哗——哗——

yí shù shù lànghuā xiàng wènhào
一束束浪花像问号，

zài wèn hái zi xiǎngshén me
在问孩子想什么？

wǒ xiǎngràng hǎi shuǐbiàndànshuǐ
"我想让海水变淡水，

huā lā huā lā jiāozhuāng jia
哗啦哗啦浇庄稼！"

huā　　　huā
哗——哗——

yí shù shù lànghuāxiàngdào suì
一束束浪花像稻穗，

绿 浪 滚 滚 连 天 涯。

"我 想 到 海 底 去 探 险，

身 着 潜 水 服 装 戏 黑 鲨！"

哗 —— 哗 ——

一 束 束 浪 花 像 马 鬃，

万 马 奔 腾 甩 尾 巴。

"我 想 到 海 底 去 采 矿，

抱 出 万 千 金 疙 瘩！"

哗 —— 哗 ——

一 束 束 浪 花 像 彩 绸，

万 里 海 疆 铺 彩 霞。

三 个 孩 子 看 浪 花，

shuō shuō xiào xiào wàng le huí jiā
说 说 笑 笑 忘 了 回 家。

huā   huā
哗 —— 哗 ——

yí shù shù làng huā xiàng xiǎo shǒu
一 束 束 浪 花 像 小 手，

fǔ mó hái zi de xiǎo jiǎo yā
抚 摩 孩 子 的 小 脚 丫。

79. shì dà hái shi xiǎo
是大还是小·

〔俄罗斯〕查霍杰尔

ér zi xiǎngyào
儿子想要

yuǎn zú qù shān yě
远足去山野。

mǔ qin shuō
母亲说：

bù xíng
"不行！

nǐ hái xiǎo
你还小，

děng dà xiē yě lái de jí
等大些也来得及！"

ér zi kū qǐ lái
儿子哭起来，

yì bǎ yǎn lèi
一把眼泪，

yì bǎ bí tì
一把鼻涕。

mǔ qīn shuō
母亲说：

zhè me dà le　　hái xiàng xiǎo gū niang
"这么大了，还像小姑娘，

kū kū tí tí de
哭哭啼啼的！"

qiáo zhè dà ren shuō huà
瞧这大人说话，

shuō wǒ xiǎo shuō wǒ dà
说我小说我大，

dōu shì tā de lǐ
都是她的理！

其实妈妈的话很有道理。你知道她说"大"和"小"的意思吗?

（韦苇　译）

79. 我是男子汉

傅天琳

如果今天夜里突然起风

不要害怕，妈妈

我是家里的男子汉

我已经六岁了，我是男子汉

我会举起长长的陀螺鞭子

把不听话的风

赶到

没有灯光的角落

让它罚站

bà ba bú huì huí lái
爸爸不会回来

jīn tiān bú shì xīng qī tiān
今天不是星期天

mā ma nǐ bú yòng fā chóu
妈妈你不用发愁

wǒ shì nán zǐ hàn
我是男子汉

wǒ huì yòng bà ba shǐ yòngguò de jù zi hé fǔ zi
我会用爸爸使用过的锯子和斧子

gěi nǐ pī kāi shēng lú zi de chái
给你劈开生炉子的柴

shū shu shuō nán zǐ hàn jiù shì yǒu chū xi
叔叔说男子汉就是有出息

mā ma nǐ yě yǒu yí gè yǒu chū xi de nán zǐ hàn ér zi
妈妈你也有一个有出息的男子汉儿子

rú guǒ nǐ shōu dào yì fēng
如果你收到一封

cóng tiān shàng pāi lái de diàn bào
从天上拍来的电报

nà jiù shì nǐ de nán zǐ hàn de ér zi
那就是你的男子汉的儿子

yào zhāi lái yì kē xīng xing
要摘来一颗星星

zhào nǐ xiě zì dào hěn wǎn hěn wǎn
照你写字到很晚很晚

90. 钥匙

高殿举

钥匙，

爸爸有一把，

妈妈有一把，

我也有一把。

要是我最后离开家，

我会仔细检查，

水龙头是不是拧紧，

煤气炉是不是关啦……

中外经典儿童诗一百首

yào shì wǒ zuì xiān huí dào jiā
要是我最先回到家，

wǒ huì qǔ huí bào zhǐ hé xìn
我会取回报纸和信，

rán hòu shāoshuǐ   xǐ cài
然后烧水、洗菜，

gěi bà ba mā ma qī hǎochá
给爸爸妈妈沏好茶……

wǒ hěn gāoxìng
我很高兴，

wǒ yě yǒu yì bǎ yào shi
我也有一把钥匙，

hé bà ba mā ma yì qǐ
和爸爸妈妈一起，

guǎnhǎo wǒ men de jiā
管好我们的家。

单元课后题

读一读，你喜欢这些诗句吗?

1. 追着小鸟走进密林，追着小溪走进深山，追着蝴蝶走进花丛。

2. 谁的尾巴长，谁的尾巴短，谁的尾巴好像一把伞?

3. 大块的草坪，绿了；大朵的野花，红了；大片的天空，蓝了。

4. 我要阳光，我要雨露，我要快快长大!

5. 问候广场，问候小巷，问候地铁，问候信号灯，问候每个十字路口，问候每一幢高耸的楼房。

穿越时空

＊ 本组多首诗写了"第一次"，比如：小熊第一次过桥，小猴第一次摘桃子，小鸭子第一次自己洗澡，小鹰第一次飞越山顶，第一次念书，第一次背书包……他们胜利地完成了"第一次"。

在你成长过程中，也有过很多的"第一次"。回忆一下你曾经历过的"第一次"，和小伙伴交流，大家共同分享"第一次"的快乐。

五、爱正在发芽

　　心灵的歌最纯，爱的旋律最美。我爱祖国，我爱家乡，我爱我家，我爱爸爸，我爱妈妈，我爱老师和身边的小朋友；我爱大自然，我还爱小狗、小猫、小鸡、小鸭……爱是世界上最美好的感情。

　　亲爱的小朋友，让我们朗读本组诗歌，去感受人间美好的真情，让爱在我们的心中发芽、生长。

81. 合奏祖国好妈妈

王 森

天山小娃娃，
弹起冬不拉。
黄河小娃娃，
吹响金唢呐。
草原小娃娃，
拉起马头琴。
雨林小娃娃，
象脚鼓敲又打。
天南海北小娃娃，
合奏祖国好妈妈。

92. 繁 星（节选）

冰 心

母亲啊！

天上的风雨来了，

鸟儿躲到它的巢里；

心中的风雨来了，

我只躲到你的怀里。

"心中的风雨"
指的是什么呀？

中外经典儿童诗一百首

❧ 陈伯吹 ❧

fēng bù chuī　　làng bù gāo
风不吹，浪不高，

xiǎoxiǎo de chuán ér qīngqīngyáo
小小的 船 儿 轻 轻 摇，

xiǎobǎobao a yàoshuìjiào
小宝宝啊要睡觉。

fēng bù chuī　　shù bù yáo
风不吹，树不摇，

xiǎoniǎo ér bù fēi yě bú jiào
小鸟儿不飞也不叫，

xiǎobǎobao a kuàishuìjiào
小宝宝啊快睡觉。

轻轻地，慢
慢地读。

fēng bù chuī　　yún bù piāo
风不吹，云不飘，

lán sè de tiānkōngjìngqiāoqiāo
蓝色的天空静悄悄，

xiǎobǎobao a hǎohǎoshuì yí jiào
小宝宝啊好好睡一觉。

94. 善良

〔比利时〕莫里斯·卡雷姆

要是苹果只有一个，

它准装不满大家的提篮。

要是苹果树只有一棵，

挂苹果的树杈也准覆不满一园。

然而一个人，要是他把

心灵的善良分给大家，

那到处都会有明丽的光，

就像甜甜的果儿挂满了果园！

（阎颖 译）

中外经典儿童诗一百首

85. 谁和谁好

shuí hé shuí hǎo

张玉庭

shuí hé shuí hǎo
谁和谁好？

téng hé guā hǎo
藤和瓜好，

tā men shǒu lā shǒu
它们手拉手，

bù chǎo yě bù nào
不吵也不闹。

shuí hé shuí hǎo
谁和谁好？

mì fēng hé huā hǎo
蜜蜂和花好，

mì fēng lái cǎi mì
蜜蜂来采蜜，

huā ér yǎng liǎn xiào
花儿仰脸笑。

shuí hé shuí hǎo
谁 和 谁 好，

bái yún hé fēng hǎo
白 云 和 风 好，

fēng wǎng nǎ lǐ guā
风 往 哪 里 刮，

yún wǎng nǎ lǐ pǎo
云 往 哪 里 跑。

shuí hé shuí hǎo
谁 和 谁 好，

wǒ hé tóng xué hǎo
我 和 同 学 好，

dà jiā chàng zhe gē
大 家 唱 着 歌，

yì qǐ shàng xué xiào
一 起 上 学 校。

149

中外经典儿童诗一百首

96. 你虽然是个石雕的小姑娘

金 波

我想，你一定

也知道疼痛，

当夜深人静的时候，

一定有人听到过你的哭声。

你虽然是个石雕的小姑娘，

但你也有一个美丽的生命。

你有一双白胖胖的小脚丫，

"我"和石雕小姑娘的对话，真让人感动！

你那样天真，那样文静。

可为什么你的小脚丫被人砸坏了？

我老是想不通。

你虽然是个石雕的小姑娘，

但你也是我们城市的公民。

每当我看到你伤残的脚，

我就失去了笑容。

在你面前，我再也跳不起来，

我的小脚丫也感到了疼痛。

你虽然是个石雕的小姑娘，

但你的心早已和我们相通。

151

97. 小瞪羚羊

〔土库曼斯坦〕拜拉莫夫

wǒ zài shā qiū shàng dǎi zhù le nǐ
我在沙丘上逮住了你，

wǒ men bǎ nǐ shuān zài wǒ men yuàn zi lǐ
我们把你拴在我们院子里，

xiǎo dèng líng yáng zán men zuò péng you ba
小瞪羚羊，咱们做朋友吧，

zán men jīn hòu jiù shēng huó zài yì qǐ
咱们今后就生活在一起。

nǐ méi yǒu péng you bù gū dān ma
你没有朋友不孤单吗？

zán men jiāo gè péng you bù hǎo ma
咱们交个朋友不好吗？

wǒ ná cǎo wèi nǐ
我拿草喂你，

nǐ bǎ tóu cóng dōng huàng dào xī
你把头从东晃到西，

wǒ ná shuǐ gěi nǐ hē
我拿水给你喝，

nǐ yà gēn jiù bù dā li
你压根就不搭理。

bù chī cǎo
不吃草，

bù hē shuǐ
不喝水，

xiǎo jiā huo　wǒ kě ná nǐ zěn me bàn ne
小家伙，我可拿你怎么办呢？

fàng wǒ chū qù
"放我出去，

shā qiū　cái shì wǒ shēng huó de tiān dì
沙丘，才是我生活的天地！"

（韦苇　译）

我明白了怎样做才是对野生动物的爱。

中外经典儿童诗一百首

yíng huǒ chóng
99. 萤火虫

〔马耳他〕纳齐姆·布蒂吉格

yínghuǒchóng
萤火虫，

yǒu yì zhī xiǎochóng zài zhǎo tā de jiā
有一只小虫在找它的家，

xī wàngyǒushuí gěi tā zhǐ lù
希望有谁给它指路；

zhào gù diǎn tā ba
照顾点它吧，

zài hēi àn de cǎocóng lǐ gěi tā zhàomíng
在黑暗的草丛里给它照明，

hǎoràng tā zhǎodào tā de jiā
好让它找到它的家。

关心、帮助有困难的人，真让人感动！

（冰心 译）

99. 无题 wú tí

〔土耳其〕纳齐姆·希克梅特

把地球交给孩子吧
bǎ dì qiú jiāo gěi hái zi ba

哪怕只有一天
nǎ pà zhǐ yǒu yì tiān

如同一只色彩斑斓的气球
rú tóng yì zhī sè cǎi bān lán de qì qiú

孩子和星星们边玩边唱
hái zi hé xīngxingmen biān wán biān chàng

把地球交给孩子吧
bǎ dì qiú jiāo gěi hái zi ba

好比一只大苹果
hǎo bǐ yì zhī dà píngguǒ

一团温暖的面包
yì tuán wēnnuǎn de miànbāo

哪怕就玩一天
nǎ pà jiù wán yì tiān

让他们不再饥饿
ràng tā men bú zài jī è

中外经典儿童诗一百首

把地球交给孩子吧

哪怕只有一天

让世界学会友爱

孩子们将从我们手中

接过地球

从此种上永生的树

（刘禾　译）

90. 一株紫丁香
yì zhū zǐ dīng xiāng

滕毓旭

diǎn qǐ jiǎo jiān er
踮起脚尖儿，

zǒu jìn ān jìng de xiǎo yuàn
走进安静的小院，

wǒ men bǎ yì zhū zǐ dīng
我们把一株紫丁，

zāi zài lǎo shī chuāng qián
栽在老师窗前。

lǎo shī lǎo shī
老师，老师，

jiù ràng tā lǜ sè de zhī yè
就让它绿色的枝叶，

shēn jìn nín de chuāng kǒu
伸进您的窗口，

yè yè hé nín zuò bàn
夜夜和您做伴。

157

老师——

绿叶在风里沙沙，

那是我们给您唱歌，

帮您消除一天的疲倦。

老师——

满树盛开的花儿，

那是我们的笑脸，

感谢您时时把我们挂牵。

夜深了，星星困得眨眼，

老师，休息吧，

让花香飘进您的梦里，

那梦啊，准是又香又甜。

91. 名片 (míng piàn)

安武林

红色的枫叶
hóng sè de fēng yè

是秋天的名片
shì qiū tiān de míng piàn

绿色的小草
lǜ sè de xiǎo cǎo

是春天的名片
shì chūn tiān de míng piàn

那些小雨点儿
nà xiē xiǎo yǔ diǎn er

是云伯伯的名片
shì yún bó bo de míng piàn

那些小松果
nà xiē xiǎo sōng guǒ

是森林的名片
shì sēn lín de míng piàn

妈妈呀

我是你的名片

不信，你看看我的眼睛

不信，你看看我的酒窝

上面全写着你的名字

——妈妈，我是你的名片

我能从诗中读出"我"对妈妈的爱，对妈妈的眷恋。

92. 妈妈睡了
mā ma shuì le

〔俄国〕勃拉盖尼娜

妈妈累了，
mā ma lèi le

妈妈睡了……
mā ma shuì le

我得安静！
wǒ děi ān jìng

我不叫小狼满地转悠，
wǒ bú jiào xiǎo láng mǎn dì zhuàn you

我在一边儿静静坐着。
wǒ zài yì biān er jìng jìng zuò zhe

我想大声读书，
wǒ xiǎng dà shēng dú shū

我想拍球，
wǒ xiǎng pāi qiú

我想哈哈大笑，
wǒ xiǎng hā hā dà xiào

我想唱歌儿，
wǒ xiǎng chàng gē er

我要做的事儿多多了，

但是妈妈睡着了，

我得静悄悄。

（韦苇　译）

93. 摇篮

尹世霖

摇篮，
是一只小船；
妈妈的手，
送你出港湾。
拥抱你的将是大海，
啊！大海，
浪花儿翻翻……

摇篮，
是月牙儿一弯；

mā ma de shǒu
妈妈的手，

sòng nǐ yóu lán tiān
送你游蓝天。

yōngbào nǐ de jiāng shì xīng zuò
拥抱你的将是星座，

à　　　xīng zuò
啊！星座，

càn làn de guānghuán
灿烂的光环……

"送你出港湾""送你游蓝天"表达了妈妈什么样的感情呀？

94. 家

❧ 刘泽安 ❧

小鱼儿
有一个透明的家

小鸟儿
有一个绿色的家

小老鼠
有一个潮湿的家

小虫儿
有一个流浪的家

妈妈含笑的眼睛
是我温暖的家

因为有妈妈，家里才温暖。

95. 拖鞋

再耕

爸爸的拖鞋像大船，

妈妈的拖鞋像小船，

我的拖鞋像舢板。

大船、小船和舢板，

亲亲热热在一起，

我家夜里是港湾。

三双拖鞋组成了一个温暖的家。你家的温暖又体现在哪儿呢？

96. 加号

任晓霞

yì shǒu lā zhe bà ba
一手拉着爸爸

yì shǒu lā zhe mā ma
一手拉着妈妈

wǒ jiù chéng le
我就成了

yí gè jiā hào
一个加号

wǒ bǎ bà ba mā ma
我把爸爸妈妈

jiā zài yì qǐ
加在一起

dá àn a
答案啊

jiù shì xìng fú de jiā
就是幸福的家

我要做"加号"，
不要做"减号"！

167

97. 秋千

李德民

爸爸是一棵大树

妈妈是一棵大树

他们牵在一起的手

是世界上最美的

秋千

我坐在上面

荡过来，荡过去

撒下一串咯咯的笑声

98. 爸爸

〔南斯拉夫〕多奈·巴夫切克

爸爸，我的爸爸，

我，爸爸的儿子。

我俩一起进入商店，

一起走进游乐的场地。

爸爸是有工作的人，

他天天上班去。

我是一个小顽童，

只有小鸟儿才为我歌唱。

爸爸是个重要人物，

只因为他又高又壮。

不过，在某些时候，

我比他还要强。

有时，鬼知道他盘算些啥，

他数呀！数呀！可认真啦！

这时，他一点儿也不爱我，

一点小事动不动就给我处罚。

妈妈叫他爸爸，叫他亲爱的，

有时，还叫他大象。

至于我，最爱他的，

是当我骑他，他当马。

（王歌　译）

99. 爱抚

妈妈，妈妈，吻吻我吧，

我要更多地吻你，

直吻得

你看不见别的东西……

我不停地注视着你，

一点儿也没有倦意，

你眼里出现一个小孩，

他长得多么美丽……

nǐ kàn dào de yí qiè
你看到的一切，

wǎn rú yí zuò chí táng
宛如一座池塘，

dàn zhǐ yǒu nǐ de ér zi
但只有你的儿子，

yìng zài qiū bō shàng
映在秋波上⋯⋯

nǐ gěi wǒ de yǎn jing
你给我的眼睛，

wǒ yào jìn qíng de shǐ yòng
我要尽情地使用，

yǒng yuǎn zhù shì zhe nǐ
永远注视着你，

wú lùn zài shān gǔ hǎi yáng tiān kōng
无论在山谷、海洋、天空⋯⋯

（赵振江 译）

100. 挑妈妈

❀ 朱 尔 ❀

nǐ wèn wǒ chū shēng qián zuò shén me
你问我出生前做什么

wǒ dá wǒ zài tiān shàng tiāo mā ma
我答我在天上挑妈妈

kàn jiàn nǐ le
看见你了

jué de nǐ tè bié hǎo
觉得你特别好

xiǎng zuò nǐ de ér zi
想做你的儿子

yòu jué de zì jǐ kě néng méi yǒu nà ge yùn qi
又觉得自己可能没有那个运气

méi xiǎng dào
没想到

dì èr tiān yì zǎo
第二天一早

wǒ yǐ jīng zài nǐ dù zi lǐ
我已经在你肚子里

每个孩子都能
挑到好妈妈！

单元课后题

诗句万花筒

下面的诗句，写得很有意思，请认真读一读！

1. 冬爷爷的白被子哪里去了？盛到春娃娃的花篮里了。

2. 小燕子用它神奇的尾巴，剪出了一幅春天的窗花。

3. 年轮，是树儿记在心底的日记。

4. 我们都是自然的婴儿，卧在宇宙的摇篮里。

5. 妈妈含笑的眼睛，是我温暖的家。

横冲直撞的   蜜蜂

不听话的   风

忙忙碌碌的   浪娃娃

顽皮的   小鸟

爱唱歌的   梦

彩色的   小溪

童真童趣

* 本组选编了几首赞颂母爱的诗，还有几首表达"我"对妈妈爸爸的爱。在爸爸妈妈生日或母亲节、父亲节到来之际，将这几首诗读给妈妈爸爸听。